# LETTRE

## DE S. VINCENT DE PAUL

### AU CARDINAL

## DE LA ROCHEFOUCAULD.

IMPRIMERIE DE C. FARCY,
Rue de la Tabletterie , n. 9

# LETTRE

## DE S. VINCENT DE PAUL

### AU CARDINAL

## DE LA ROCHEFOUCAULD,

SUR L'ÉTAT DE DÉPRAVATION DE L'ABBAYE
DE LONGCHAMPS.

EN LATIN,
AVEC LA TRADUCTION FRANÇAISE
ET DES NOTES.

### PAR J. L.

———

## A PARIS,

CHEZ MOUTARDIER ET Cᵉ, LIBRAIRES,
Rue Gît-le-Cœur, nº 4.

1827.

# AVERTISSEMENT.

L'abbaye de Longchamps, fondée en 1260 par la bienheureuse Isabelle de France, sœur de Saint-Louis, ne conserva guère plus d'un siècle sa ferveur primitive. Les grands biens dont elle avait été dotée furent la cause de son relâchement. Elle a servi, autant qu'aucune autre communauté religieuse, à justifier la maxime d'un Chartreux : *La piété a enfanté les richesses, et les filles ont étouffé la mère* (1). Dès la fin du quatorzième siècle, elle se livra à la plus infâme corruption. Alors même on tenta d'y introduire la réforme, mais inutilement. On ne fut pas plus heureux dans d'autres circonstances. Vers le milieu du dix-septième siècle, Saint Vincent de Paul fut chargé par la congrégation des réguliers, au nom du Pape, d'informer sur les mœurs de la plupart des filles qui l'habitaient. C'est le procès-verbal de cette information, adressé au cardinal de La Rochefoucauld, en forme de lettre, que nous publions en latin avec la traduction française en regard. Il est utile de nous convaincre que ce bon vieux tems, que l'on regrette si vivement, ne valait pas, à beaucoup près, le tems où nous vivons.

---

(1) *Pietas peperit divitias, at filiæ suffocaverunt matrem.* Ludolphus carthusianus.

# EPISTOLA

## BEATI VINCENTII A PAULO,

### AD EMINENSSIMUM CARDINALEM

## FRANCISCUM DE LA ROCHEFOUCAULD.

---

### EMINENTISSIME PRINCEPS,

QUAM dignata est Eminentia vestra epistolam pridiè
idus martii, ad me scribere, quâ potui animi submissione
Eminentiæ vestræ atque eminentissimis Patribus et Domi-
nis meis sacræ regularium Congregationi præpositis, tertio
calendas Octobris, recepi. Hâc jussit vestra Eminentia, me
super iis secretò et circumspectè inquirere, quæ ex parte
Abbatissæ et sanctimonialium monasterii *de Longchamps*
ordinis Sancti Francisci, dioecesis Parisiensis, sanctissimo
Domino nostro Papæ supplicatione exposita sunt. Eadem
supplicatio continebat, in præfato monasterio regularem
disciplinam esse prorsùs labefactam, jam abhinc multis
annis, non sine scandalo publico, et id culpâ superiorum
dicti monasterii, Fratrum scilicet minorum ejusdem Ordinis,
provinciæ Franciæ, qui non solùm adhibere remedia ne-
glexêrunt, imò ipsimet pravo regimine, et malo exem-
plo, vitia per se fovent; dictos etiam Fratres in talibus vi-
vere rixis et disceptationibus, ut ferè apud nullum laïco-
rum judicum in se invicem lites non moverint, nullumque

# LETTRE

## DE SAINT VINCENT DE PAUL

AU

## CARDINAL DE LA ROCHEFOUCAULD.

---

**EMINENTISSIME PRINCE,**

J'AI reçu, le trois des calendes d'octobre, avec tout le respect que je dois à votre Eminence et aux éminentissimes Pères, Messeigneurs de la sacrée Congrégation des Réguliers, la lettre que votre Eminence a daigné m'écrire la veille des Ides de mars. Votre Eminence m'ordonne, par cette lettre, de faire des enquêtes, secrètement et avec circonspection, sur ce qui a été exposé à notre Saint Père le Pape, dans la supplique de l'abbesse (1) et des religieuses du monastère de *Longchamps*, ordre de Saint François, diocèse de Paris. Or, il a été exposé, dans la supplique, que la discipline régulière est totalement ruinée dans ledit monastère, depuis plusieurs années, au grand scandale du public, et par la faute des supérieurs, c'est-à-dire, des Frères mineurs du même ordre, province de France, qui, non seulement ont négligé de réprimer le vice, mais qui le fomentent par leur détestable régime et leur mauvais exemple; que les Frères mineurs vivent dans de telles dissensions et dans de telles inimitiés, qu'il n'est aucun tribunal séculier qui n'ait

Provincialem creatum, qui ejusmodi dissidentia componeret; postremo eorumdem Provincialium auctoritate Apostolicâ, à duobus aut circiter annis deposito. Indè factum est ut prædictum monasterium à B. Isabellâ, Sorore Sti. Ludovici regis extructum, antiquum, permultisque opibus redditibusque dotatum, plurimis et gravissimis summis hodiè obæratum sit. Quibusquidem disciplinæ et facultatum monasterii ruinis, scandalisque publicis, cùm præfata Abbatissa mederi quæreret, ad summum Pontificem recurrit, suamque sanctitatem supplex obsecrat, ut hoc monasterium ac sanctimoniales ab omni jurisdictione et superioritate dictorum Fratrum minorum Ordinis Sancti Francisci exsolvat, atque ordinario, in posterum ( ut olim, primis ab erectione illius monasterii temporibus), rursùs subjiciat. Hæc supplicatione, quam dignata est ad me Eminentia vestra mittere, continentur.

Ut autem, eminentissime Cardinalis, mandatis Eminentiæ vestræ, pro tenuitate meâ, obtemperarem, protinùs adii multos viros notæ probitatis, eruditionis et sapientiæ; nonnullos Doctores Sorbonicos, aliosque plures ex clero, tùm sæculares, tùm regulares, laïcos etiam pios et expertos, quibus status disciplinæ et facultatum monasterii *de Longchamps*, Ordinis Sancti Francisci, dioecesis Parisiensis, compertus est; insuper unam hujus monasterii sanctimonialem, mihi satis notam, audivi; à quibus, quasi uno omnium ore, veram esse supplicationem accepi.

Sed ut omnia clariora Eminentiæ vestræ fiant, breviter

retenti de leurs procès, et aucun provincial qui ait pu y mettre ordre, le dernier ayant été déposé par l'autorité apostolique, depuis environ deux ans. Il en est résulté que cet antique monastère, fondé par la bienheureuse Isabelle, sœur du roi Saint Louis, si magnifiquement doté en richesses et en redevances, est obéré maintenant et débiteur de sommes considérables. Cherchant à remédier à tant de maux, provenus de la ruine de la discipline et de la dissipation des biens du monastère, l'abbesse a recours au Souverain Pontife, et supplie humblement Sa Sainteté de soustraire le monastère et les religieuses à la juridiction et à la supériorité des Frères mineurs de l'ordre de Saint François, et de le soumettre désormais à l'ordinaire, comme il l'était aux premiers tems de sa fondation. Voilà ce que contient la supplique que votre Eminence a daigné m'envoyer.

Actuellement, éminentissime Cardinal, avant de procéder, avec autant d'exactitude qu'il est possible, à l'exécution des ordres de votre Eminence, j'ai consulté plusieurs hommes renommés par leur probité, leur science et leur sagesse, dont quelques-uns sont docteurs de Sorbonne, et les autres appartiennent au clergé séculier ou régulier; il est même parmi eux quelques laïcs pieux et habiles, qui connaissent l'état de la discipline et des facultés du monastère de *Longchamps*, ordre de Saint François, diocèse de Paris; j'ai entendu, en outre, une religieuse du monastère qui m'est assez connue; et j'ai appris, par les témoignages unanimes de toutes ces personnes, que la supplique renferme la vérité.

Mais, afin de rendre la chose plus claire à votre Emiet singillatim hujus domûs statum exhibere conabor. Certum est, quòd jam à ducentis annis Christi bonus odor in eo monasterio in malè olentem ruentis disciplinæ, et morum corruptelam versus est; undè reclamantibus piis, instante Regio Senatûs Parisiensis Procuratore, anno MDLX, latum est decretum ad hoc, ut Episcopus Parisiensis correctioni et disciplinæ restituendæ manum admoveret.

Locutoria non obseruntur, aperta quibuslibet, etiam juvenibus non cognatis : quò pleræque monialium ut libet, solæ sine teste, nec monitâ Abbatissâ, quin et ipsâ sæpiùs renitente, accurrunt. Hocque observatum in iis locutoriis, quasdam esse crates, seu fenestellas statutis de clausurâ repugnantes, certa virginum pericula. Præfati Fratres, monasterii Rectores, malum non auferunt, imò ipsimet augentes, tùm maximè confessores, nocte, horis intempestivis, cum monialibus confabulari, illùc prorepunt. Quidam ex iis fratribus, de nocte, intrà clausuram, à quâdam ex monialibus junioribus introductus deprehensus est; alios etiam juvenes quosdam illùc per noctem moniales introduxerunt.

Cùm Abbatissa juveni moniali familiaritate et colloquiis nimiùm frequentibus, periculosis, et scandala multa creantibus, cum aliquo juvene stirpis insignis, sed moribus corrupto, nec cognato, interdixisset, hujusmodi familiaritatem et colloquia permisit Pater Provincialis, uti ipsa coràm omnibus monialibus, et ipso Provinciali præsente,

nence, je tâcherai de lui présenter l'état de cette maison
brièvement et en particulier. Il est constant que, depuis
deux cents ans (2), la bonne odeur de Jésus-Christ a cédé
la place, dans ce monastère, au renversement de l'ordre et
à la corruption des mœurs ; de telle sorte que, d'après la ré-
clamation de personnages pieux et l'instance du procureur
général du roi auprès du parlement de Paris, il est inter-
venu un arrêt en 1560, portant que ledit monastère serait
soumis à la correction de l'évêque de Paris.

Les parloirs ne sont point fermés ; ils sont accessibles aux
premiers venus, même à des jeunes gens, non parens, que
la plupart des religieuses viennent entretenir, seules et
sans témoins, à l'insu de l'abbesse et souvent malgré elle.
On a même remarqué, dans ces parloirs, certaines grilles
ou fenêtres contraires aux statuts touchant la clôture, et
qui offrent des dangers imminens pour des vierges consa-
crées à Jésus-Christ. Les Frères mineurs, recteurs du monastère, sont bien éloignés de diminuer le mal, ils l'aug-
mentent plutôt ; surtout les confesseurs, en venant la nuit,
à des heures indues, s'entretenir avec les religieuses. On a
surpris un de ces Frères, qui avait été introduit nuitamment
par une des plus jeunes religieuses, dans les lieux claus-
traux ; elles y ont pareillement introduit d'autres jeunes gens.

L'abbesse ayant défendu à une jeune religieuse de recevoir un jeune homme d'une famille distinguée, mais de
mœurs corrompues, et qui n'était pas son parent, avec lequel elle avait des familiarités et des entretiens très fré-
quens, très dangereux, et qui causaient du scandale, le
Père provincial a autorisé ces familiarités et ces entretiens,
ainsi qu'elle l'a déclaré en présence de toutes les religieuses

declaravit ; et rumor est, juvenem illum dicto Provinciali multam pecuniam ad id consequendum dedisse.

Dicti confessores multoties tribunalia, expiandis peccatis destinata, viris laïcis ad secreta cum monialibus colloquia aperuêrunt, eosque intùs incluserunt, voluntate et prohibitionibus Abbatissæ posthabitis.

Constat insuper, cùm hùc in urbem, ob bella circumgrassantia, tota ea monialium familia confugerit, plurimas illarum perverso vitæ genere scandalo disseminare, cùm solæ cum solis, et remotis arbitris, specie invisendi, in ædibus et cubiculis privatorum totas dies impendant. De quibus cùm quidam clericorum, vir admodum religiosus, monuisset Abbatissam, respondit, se malum non posse reprimere, vehementerque obsecravit, ut ipsemet eas alloqueretur : quod cùm præstitisset, responsum animo irreverenti et infrænato, et cum magno illius scandalo fecerunt. Hæc ab illo excepi.

Qui ex dictis patribus excipiendis confessionibus præficiuntur, singulari amicitiâ, et nimiâ familiaritate cum aliquibus ex monialibus, quas vocant laïcas, seu servientes, devinciuntur : undè eò superbiæ devenêrunt, ut cæteris molestæ sint, et intolerandæ.

Si quæ inter moniales nascantur controversiæ, tantum abest ut dicti Fratres sedandis vel extinguendis invigilent, quin et accendunt et augent.

et du provincial lui-même. Le bruit court que le jeune homme a donné une forte somme d'argent au provincial pour obtenir cette permission.

Les confesseurs ont souvent ouvert les tribunaux destinés à l'expiation des péchés, à des hommes du monde, pour de secrets colloques avec les religieuses, et les y ont enfermés, ne tenant aucun compte de la volonté et des défenses de l'abbesse.

Il est aussi constant que lorsque, pour éviter les fléaux de la guerre (3), toute la communauté a été contrainte de se réfugier dans cette capitale, la plupart d'entre les religieuses y ont occasioné du scandale par leur perversité, en passant des jours entiers dans les maisons et dans les chambres des particuliers, seules avec des hommes seuls, sous prétexte de faire des visites; et, lorsqu'un ecclésiastique très pieux en eût averti l'abbesse, elle répondit qu'elle ne pouvait réprimer le mal, et qu'elle le suppliait d'en parler lui-même aux religieuses. L'ecclésiastique s'acquitta de sa commission et n'en tira que des paroles offensantes, irrévérentieuses, et qui l'affligèrent extrêmement. C'est lui-même qui me l'a dit.

Ceux d'entre les Pères qui sont chargés de recevoir les confessions usent de trop d'amitié et de familiarité envers les religieuses qu'on appelle tourières ou converses; elles en sont venues à ce degré d'orgueil, qu'elles sont à charge et insupportables aux autres.

S'il s'élève quelques discussions entre les religieuses, bien loin que les Frères mineurs s'appliquent à les apaiser et à les éteindre, ils les excitent au contraire et les alimentent.

Præfati confessores non concedunt, imò ægre ferunt, ac renuunt, si quandò moniales ad expianda peccata, alios sibi deposcunt.

Novitiæ et recentes professæ ferè sine ullâ regulari disciplinâ educantur, atque antequàm ad recipiendum habitum, et emittendam professionem admittantur, juxtâ sacrosancti Concilii Tridentini decreta, prævio examine non probantur.

Plures monialium vestes deferunt indecentes et immodestas: in locutoriis se ostentant vittis ignei coloris fulgentes; horarias aureas, seu horologia aurea gestitant; chirothecas etiam raras et quas vocant hispanas induunt.

Quæ cùm ita sint, eminentissime Cardinalis, nec ullus mihi supersit iis de rebus dubitandi locus, tum ob singularem probitatem, veram et sinceram mentem eorum quibus totus monasterii status perfectè cognitus est, à quibus testimonia hæc accepi, tum ob conscientiam meam, dicam cum omni animi mei humiliatione, mihi videri sanctissimum Dominum nostrum Papam, pro paternâ providentiâ prospecturum, vestram Eminentiam, atque eminentissimos Patres sacræ Congregationis regularium, si certiorem faciatis sanctitatem suam, opus fore Deo optimo maximo gratissimum, depravationibus et vitiis corrigendis, ac restituendæ in monasterio *de Longchamps* disciplinæ convenientissimum et aptissimum, si ab illo Fratres Ordinis Minorum penitùs amoveat, illudque ab omni regimine, auctoritate et jurisdictione eorum eximat; atque unâ cum sanctimonialibus, tàm in spiritualibus quàm in temporalibus, jurisdictioni Archiepiscopi Parisiensis submittat; mandet etiam præfato Archiepiscopo ut præponat virum sæcula-

Les confesseurs n'accordent point aux religieuses la permission de s'adresser à d'autres prêtres pour se confes-
ser ; ils la refusent même avec amertume.

On ne donne, aux novices et aux jeunes professes, aucune idée de la discipline régulière ; elles ne sont jamais
éprouvées par un examen préalable, ainsi que le veulent les
décrets du saint Concile de Trente, et que cela se pratique
avant de recevoir l'habit et de faire profession.

Plusieurs religieuses portent des vêtemens inconvenans
et immodestes ; elles paraissent au parloir ornées de rubans
de couleur de feu ; elles ont des montres d'or, et se
servent de gants recherchés appelés gants d'Espagne.

Puisqu'il en est ainsi, éminentissime Cardinal, et qu'il
ne me reste aucun lieu de douter de tous ces faits, soit à
cause de la singulière probité, de la véracité et de la sin-
cérité de ceux à qui l'état du monastère est parfaitement
connu et desquels j'ai reçu ces témoignages, soit à cause
de ma propre conviction, je puis le dire dans l'humilité de
mon âme, il me paraît essentiel que notre Saint Père le
Pape, dans ses desseins paternels, pourvoie à tout cela.
Votre Eminence et les éminentissimes Pères de la sacrée
Congrégation des réguliers devez assurer Sa Sainteté, qu'il
sera très agréable à Dieu de corriger les vices et les dépra-
vations de *Longchamps ;* qu'il n'y a pas de moyen plus
propre à y rétablir la discipline, que d'en éloigner entièrement les Frères mineurs, de les priver de toute autorité
et de tout pouvoir, et de soumettre les religieuses à la juridiction de l'archevêque de Paris, tant pour le spirituel
que pour le temporel. Le pape ordonnera à ce prélat de pré-
poser au gouvernemnt desdites vierges un homme séculier ou

rem, vel regularem, doctum, pium, expertumque, dummodò non ex dicto Ordine Minorum, dictarum virginum regimini; quem ad tres annos instituat visitatorem, ad dirigendas, visitandas, et corrigendas dictas moniales ac monasterium, constituendos confessores, tùm denique præstanda omnia, quæ præsens Archiepiscopus præstaret, salvo ad ipsum, in casu quærimoniæ recursu; atque, si utile judicet, elapso priori triennio, ejusdem visitatoris commissionem in triennium adhùc prorogare possit. Quo elapso, post restauratam regularem disciplinam, concedat facultatem Abbatissæ et sanctimonialibus, eligendi tertio quoque anno tres sacerdotes sæculares, vel regulares, probatæ vitæ, scientiæ et experientiæ, per scrutinium, et ad pluralitatem suffragiorum, præsidente visitatore, et assistentibus confessoribus, quos Domino Archiepiscopo præsentabunt ; ex quibus unum visitatorem, cum potestate et auctoritate in monasterium, et moniales constituet.

Hæc sunt, quæ Eminentiæ vestræ, pro jussionis ejus dignatione, exponit, breviori quo potest stylo, indignus sacerdos, vestro longè impar mandato, qui supplex et humilis ad pedes Eminentiæ vestræ, in spiritu advolutus erat, ut ei benedictionem impertire dignetur : cùm sit in æternum Eminentiæ vestræ,

Eminentissime Princeps,
humillimus atque obsequentissimus servus

VINCENTIUS A PAULO,
indignus Superior Congregationis Missionis.

Parisiis, 25 octobris 1652.

régulier, docte, pieux, habile, pourvu qu'il ne soit pas de l'ordre des Mineurs; qu'il instituera visiteur pendant trois ans, pour diriger, visiter et corriger les religieuses et le monastère, pour établir des confesseurs, pour faire, en un mot, tout ce que l'archevêque ferait s'il était présent, sauf, toutefois, le recours à sa personne, en cas de plainte; et qu'il pourra proroger encore pendant trois ans, en qualité de visiteur, après l'échéance des trois premières années, s'il le juge convenable. Cet espace de tems écoulé, si la discipline régulière est rétablie, l'archevêque accordera à l'abbesse et aux religieuses la faculté d'élire trois prêtres séculiers ou réguliers, d'une vie exemplaire, savans et expérimentés, au scrutin et à la pluralité des suffrages, sous la présidence du visiteur et en présence des confesseurs; ces prêtres seront présentés à l'archevêque, qui prendra parmi eux un nouveau visiteur, et l'investira de puissance et d'autorité sur le monastère et sur les religieuses.

Telles sont les choses qu'a l'honneur d'exposer à votre Eminence, avec autant de brièveté qu'il lui a été possible, et d'après les ordres qu'elle a daigné lui donner, l'indigne prêtre qui, prosterné en esprit aux pieds de votre Eminence, la supplie instamment de vouloir bien lui accorder sa bénédiction, et qui est éternellement, Monseigneur,

De votre Eminence,
le très humble et très obéissant serviteur,

**VINCENT DE PAUL,**
indigne Supérieur de la Congrégation de la Mission.

Paris, 25 octobre 1652.

# NOTES.

(1) L'abbesse qui gouvernait le monastère de Longchamps, à l'époque où fut écrite la lettre de St.-Vincent de Paul, se nommait *Madeleine Placain*. Elle fut remplacée en 1653 par *Catherine III de Bellièvre*. Les auteurs du *Gallia Christiana* ne disent pas un mot du honteux débordement qui s'était introduit dans l'abbaye de Longchamps, et qui était de notoriété publique. Sébastien Rouilliard, qui a publié, en 1619, une *Vie de la bienheureuse Isabelle de France*, avec un catalogue des abbesses de Longchamps, n'en parle pas davantage ; et voilà comme l'on écrit l'histoire !...

(2) La corruption de l'abbaye de Longchamps remonte évidemment au grand schisme d'Occident, à ces tems d'ignorance et de dépravation, de calamités et d'horreurs, dont les écrivains, qui en étaient les témoins, nous ont laissé des descriptions effrayantes. C'est alors, surtout, que les religieux mendians, établis dans le treizième siècle, achevèrent de secouer le joug de la discipline régulière et se livrèrent à toute la violence des passions. Pour bien juger de l'état déplorable dans lequel étaient plongés les ecclésiastiques de tous les ordres, il suffit de jeter les yeux sur les discours qui furent prononcés dans les Conciles de Pise, de Constance et de Bâle, ou sur les ouvrages qui furent composés pour l'extinction du schisme et pour la *réformation de l'Eglise dans le chef et dans les membres.* En voici quelques passages, pris au hasard :

« On ne tirait pas les pasteurs des écoles, dit Clémangis, ( *Traité
» de l'état corrompu de l'Eglise*) et des universités, mais de la char-
» rue et des plus viles professions. On en voyait qui ne savaient
» guère plus de latin que d'arabe ; quelques-uns même ne savaient
» pas lire, ni distinguer l'A du B. Il n'y a rien de plus indigne que
» de voir un pape ou quelque autre ecclésiastique, dans une dignité
» si éminente, ne savoir pas seulement lire la Sainte-Ecriture par
» manière d'acquit, ou ne la toucher jamais que par la couverture ;
» quoique dans leur installation, ils soient obligés de jurer qu'ils en
» ont l'intelligence. Si par hazard il se trouve quelque pasteur d'un
» autre caractère, il est exposé à la raillerie et à la médisance des

» autres, et on ne le trouve bon qu'à être mis dans un cloître. Ainsi
» l'étude de la parole divine passe pour une simplicité, ceux qui en
» font profession sont le jouet de tout le monde, et particulièrement
» des papes qui préfèrent leurs traditions aux commandemens de
» Dieu. L'honorable et saint emploi de prêcher, qui était autrefois le
» privilège des évêques, est tellement avili, qu'on a honte de
» l'exercer. »

On peut juger des mœurs d'un clergé si ignorant. Clémangis en fait
un tableau hideux ; ma main se refuse à le copier. Il applique aux
religieux mendians tout ce que Jésus-Christ a reproché aux phari-
siens, et les appelle des loups dévorans. Il finit ce qu'il dit des religieuses, par ces paroles remarquables : *Aujourd'hui voiler une fille,
c'est la prostituer.*

« Ah ! que du schisme sourdent grièves tempêtes, s'écriait dans le
» Concile national de 1406, le cordelier Pierre-aux-Bœufs ! contur-
» bations de royaumes, brisures de grandes alliances, haines entre
» nations, divisions entre pays, affoiblissement de chrétienté, en-
» forcement des mécréans, moqueries de notre foi, doutes en cas de
» sacremens, dépouilles des pauvres églises, amoindrissement du
» divin service, mangeries des pauvres clercs, rapines des biens de
» l'église. »

En 1409, Pile Marin, archevêque de Gênes, haranguant les am-
bassadeurs du roi de France, se sert presque des mêmes expressions
que le cordelier Pierre-aux-Bœufs ; seulement, la peinture qu'il fait
des maux de l'Eglise est beaucoup plus rembrunie.

Dans un discours prononcé au Concile de Constance en 1415, le
carme Bertrand Vacher, professeur de théologie, à Montpellier,
exhortait vivement les Pères à employer les voies les plus promptes et les
plus efficaces pour corriger les abus, et, en particulier, *l'insatiable
avarice, l'indomptable ambition, la crasse ignorance, l'indigne fai-
néantise et l'exécrable mondanité des ecclésiastiques.*

Le 25 octobre 1415, l'évêque de Lodi prononça l'oraison funè-
bre du cardinal de Bari devant le Concile de Constance, et avança
des choses extrêmement fortes, sur les vices des ecclésiastiques et sur
la pressante nécessité de réformer leurs mœurs. « Au lieu que nous
» désirions être en exemple au peuple, il faudra bientôt que ce soit
» lui qui nous apprenne à vivre : car ne voit-on pas dans les laïcs plus
» de bienséance, plus de probité dans les mœurs et dans la conduite,

» plus de respect et de dévotion dans l'église, que parmi les ecclésias-
» tiques eux-mêmes. Il ne faut donc pas s'étonner si les princes sécu-
» liers nous persécutent, s'ils nous dépouillent, s'ils nous méprisent
» et s'ils se moquent de nous publiquement. C'est un jugement de
» Dieu qui ne fera cesser cette persécution, que quand nous en ferons
» cesser la cause, c'est-à-dire, quand nous changerons de vie. »

Il représenta ensuite les ecclésiastique comme tellement plongés
dans les excès de la débauche et du libertinage le plus brutal, qu'à son
avis Diogène, cherchant parmi eux un homme, n'y aurait trouv
que *des bêtes et des pourceaux.*

Le 25 novembre de la même année, Gerson présenta au Concile so
traité de la Simonie, où se trouvent ces mots : « Il n'y a plus dans l
» clergé ni loi, ni pudeur, ni bonne foi ; les éclésiastiques entrepren
» nent des choses qui feraient horreur même aux brigands et au:
» voleurs publics. Ceux-ci, au moins, se gardent mutuellement la foi
» et se tiennent ce qu'ils se sont promis, au lieu qu'il ne faut se fie
» ni à la parole des premiers, ni aux traités que l'on fait avec eux.
Ce célèbre docteur avait déjà dit dans un sermon, prononcé en 1408,
dans un Concile de Reims : « A présent il n'y a rien de plus rare que
» d'entendre bien prêcher l'Evangile. On altère et on corrompt la
» parole de Dieu, on fait de la piété un métier et un gain sordide,
» on répand des semences d'erreur et de superstition, et l'on repaît
» le peuple d'impertinences et de contes frivoles. » On ne finirait pas
si l'on voulait transcrire tout ce qui, dans les œuvres de Gerson, se
rapporte à la vie licencieuse du clergé et des moines.

En 1416, l'évêque de Toulon faisait entendre ces plaintes et ces la-
« mentations : Le Seigneur, disait-il, nous avait appelés au Concile
» de Pise pour nous réformer et pour nous sanctifier. Mais tout s'y
» passa en vains projets de réformation, et on renvoya toujours au
» lendemain. Depuis ce tems là, le schisme est devenu plus opiniâtre
» et plus furieux que jamais ; l'Eglise en est inondée comme par un
» déluge ; et si nous ne mettons pas aujourd'hui la main à l'œuvre, il
» est ridicule de se flatter de pouvoir jamais résister à ce torrent. »

L'année suivante, Etienne de Prague, professeur en théologie,
disait : « Est-il juste que les fous président et que les sages obéissent ;
» que les jeune gens commandent et que les vieillards soient leurs
» serviteurs ; que les ignorans soient chargés des affaires les plus dé-
» licates et que les savans n'osent ouvrir la bouche ; que des palefre-

» niers soient préférés aux docteurs et aux prédicateurs de la parol.
» de Dieu ? »

On lit dans un discours que Bernard Baptisé, abbé bénédictin, y
prononça le 22 août : « Je le dis avec douleur, dans le tems où nous
» sommes, la foi catholique est réduite à rien, l'espérance est conver-
» tie en une présomption téméraire, l'amour de Dieu et du prochain
» est entièrement éteint. Dans le monde la fausseté est le roi, dans
» le clergé la cupidité est la loi, dans l'Eglise le troupeau est divisé,
» dans les prélats, il n'y a que malice, iniquité, négligence, ignorance,
» vanité, orgueil, avarice, simonie, lasciveté, pompe, hypocrisie.
» A la cour du pape, il n'y a nulle sainteté ; on y met l'imposture
» et la fourberie entre les délices. La tyrannie, la simonie et la rapa-
» cité s'y exercent partout ; c'est une cour diabolique. » Le discours
du docteur Thibaut, prononcé le 29 août, n'est pas moins véhément.
« A l'égard de la dépense des ecclésiastiques, ils aiment mieux prodi-
» guer leurs biens à des fous, à des bateleurs, à des femmes de joie, à
» des ménétriers, à des adulateurs, à acheter des chiens et des oi-
» seaux, que de donner aux pauvres. Contre les canons ils fréquen-
» tent les tavernes et les b... ils tiennent ouvertement des concu-
» bines dans leurs maisons, et, après s'être prostitués avec elles, ils ne
» font pas difficulté de célébrer la messe. Il est passé en proverbe que
» les prélats nourrissent autant de maîtresses que de domestiques. Et
» ne croyez pas que votre turpitude puisse être cachée ; vos maîtresses
» s'en vantent publiquement. Et comme les évêques ne valent pas
» mieux que les inférieurs, bien loin de les réprimer, ils prennent de
» l'argent pour leur permettre ces crimes. Les couvens des filles, les-
» quels, selon les canons, devraient être absolument fermés aux
» hommes, sont des lieux et des théâtres publics, des réceptacles de
» toute sorte de vanité. Si quelques grands font scrupule d'y entrer,
» ils envoyent des présens, des mets, des billets, ils invitent les
» nones chez eux. Il est honteux de dire ce qui s'y passe, mais il est
» encore plus honteux de le faire. Ce qu'il y a de plus déplorable,
» c'est que la cour de Rome, qui devrait être en exemple, commet
» toutes ces abominations, et même dans ce lieu où l'on s'est assemblé
» pour la réformation des mœurs. »

Parmi les sermons qui furent prononcés au Concile de Sienne, en
1423, on en remarque deux. Le premier renferme ce passage : « On
» voit à présent des prêtres usuriers, cabaretiers, marchands, inten-

» dans de châteaux, notaires, économes, m... ( *lenones* ), en un
» mot pour exercer toutes sortes de métiers, il ne leur manque que
» celui de bourreau. C'est là la cause de la destruction de toute l'E-
» glise, et de tout le clergé, parce que tel est le prêtre, tel est le
» peuple... On met des prêtres en prison pour dettes ; quelques-uns,
» pour crimes, sont dépouillés tout nus et traînés dans les rues les
» mains liées derrière le dos. Dans cet état on les fouette avec du
» balai, pendant qu'un valet-de-ville crie tout haut : *Ce prêtre a*
» *été condamné au fouet pour un tel crime.* » On lit dans le second :
» Combien y a-t-il aujourd'hui d'évêques et de prélats voluptueux,
» qui l'emportent sur Epicure ? Car, au lieu que celui-ci n'avait, se-
» lon St.-Jérôme, que des pommes et des herbes sur sa table, ils ont
» sur la leur du gibier, des lièvres, des grives, des poulardes, des
» chapons, et tout cela est arrosé de bon vin, servi dans des vases
» d'or et d'argent, enrichis de nacre de perle. Quand chacun en a
» bu quatre ou cinq gobelets, on se met à disputer sur l'autorité du
» pape et du concile. Chaque argument est suivi d'une rasade de vin,
» et plus on a bu, plus on dispute, selon le proverbe : *Dum bibo*
» *vinum, loquitur mea lingua latinum....* Un jour que Sainte
» Brigitte était en prière dans l'église de Saint-Pierre, à Rome, elle
» vit cette église toute pleine de porcs, dont chacun avait une mî-
» tre sur la tête ; alors elle demanda à Dieu qui étaient ces cochons
» mîtrés ? Ce sont, répondit le Seigneur, les évêques, les prélats et
» les abbés.... Sainte Catherine de Sienne, entendit un jour Notre
» Seigneur Jésus-Christ lui parlant en ces termes : Hélas ! ma très
» chère fille, que dirai-je des prêtres d'aujourd'hui ? Ces biens d'é-
» glise que j'ai acquis avec tant de douleur sur la croix, ils les em-
» ployent à entretenir des femmes publiques et leurs bâtards. »

(3) La guerre de la fronde obligea les religieuses de Longchamps de
se réfugier à Paris, pour se mettre à couvert des insultes des armées
du prince de Condé et des armées royales, qui n'étaient pas moins à
craindre pour les paisibles habitans des campagnes. Le célèbre cardinal de Retz, à qui Vincent de Paul avait appliqué ces mots de
l'Evangile : *qu'il n'avait pas assez de piété, mais qu'il n'était pas*
*trop éloigné du royaume de Dieu*, nous donne sur ce point, dans
ses *Mémoires*, des détails intéressans. «M. le Prince, qui avait eu quel-
» ques accès de fièvre tierce, alla jusqu'à Linas recevoir les troupes

» qui revenaient d'Etampes; et comme la cour n'avait observé en
» façon du monde ce qu'elle avait promis, touchant l'éloignement des
» siennes, des environs de Paris, il ne s'y crut pas obligé de son côté,
» et il porta sa petite armée à Saint-Cloud; poste considérable, parce
» que le pont lui donnait lieu de la porter, en cas de besoin, où il
» lui plairait. M. de Turenne, qui était avec celle du Roi aux envi-
» rons de Saint-Denis, où Sa Majesté était venue elle-même, pour
» être plus proche de Paris, fit un pont de bateaux à Epinay, à l'in-
» tention de venir attaquer les ennemis, avant qu'ils eussent le tems
» de se retirer. M. de Tavannes en eut avis, et il l'envoya aussitôt à
» M. le Prince, qui se rendit au camp en toute diligence. Il le leva
» vers le soir et marcha vers Paris à dessein d'arriver à Charenton,
» d'y passer la Marne et de prendre un poste, dans lequel il ne pour-
» rait être attaqué. M. de Turenne ne lui en donna pas le temps : car
» il attaqua son arrière-garde dans le faubourg Saint-Denis. M. le
» Prince en fut quitte pour quelques hommes qu'il perdit, du régi-
» ment de Conty, et il manda à Monsieur, par M. le comte de
» Fiesque, qu'il lui répondait qu'il gagnerait le faubourg St.-Antoine,
» dans lequel il prétendait qu'il aurait plus de lieu de se défendre.
» C'est en cet endroit où je regrette, plus que je n'ai fait, que M. le
» Prince ne m'ait pas tenu la parole qu'il m'avait donnée, de me con-
» fier le *Mémoire* de ses actions; celle qu'il fit en cette rencontre est
» une des plus belles de sa vie. . . . .

» Les dispositions de Paris s'aigrissaient tous les jours contre le
» parti des Princes, et par les taxes desquelles l'on se voyait me-
» nacé, et par le massacre de l'Hôtel-de-Ville qui avait jeté l'hor-
» reur dans tous les esprits, et par le pillage des environs, où l'armée
» qui, depuis le combat de Saint-Antoine, était campée dans le fau-
» bourg Saint-Victor, faisait des ravages incroyables. . . . .

» Ils ( les frondeurs ) résolurent tous ensemble de s'approcher près
» de M. de Turenne qui, tenant Corbeil, et Melun, et tout le dessus
» de la rivière, ne manquait de rien ; au lieu que les confédérés, qui
» étaient obligés à vivre aux environs de Paris, pillaient les villages et
» renchérissaient par conséquent les denrées de la ville. »

Mémoires du cardinal de Retz, tom. IV, pag. 15, 49 et 133, édi-
tion d'Amsterdam, 1717.

www.ingramcontent.com/pod-product-compliance
Lightning Source LLC
Chambersburg PA
CBHW060845180626
46818CB00004B/1595